LES BALS

Du même auteur

Cartes postales, chroniques réunionnaises, Udir, 1988
Le Poisson-ange, Michalon, 2003
Dépression tropicale, Quidam éditeur, 2004
Le Cadavre du Blanc, Grand océan, 2004 et 2007
L'Adoption, Quidam éditeur, 2005

LES BALS

Bruno Testa

« Auprès de l'ancienne ville de Lyon,
du côté du soleil couchant, il y a un pays nommé
Forez, qui, en sa petitesse, contient ce qui est
de plus rare au reste des Gaules... »

L'Astrée, Honoré d'Urfé

1

J'ai commencé à aller aux bals en 1973, l'année du premier choc pétrolier. En ce temps-là on n'avait pas de pétrole, comme disait le gouvernement, mais on avait des idées. Et nos idées, c'était de baiser les gonzesses. Je sais, ce n'est pas très glorieux, mais on avait des excuses. On n'avait pas connu l'école mixte. Alors les filles, c'était forcément l'exotisme. Il y avait bien les filles du patelin, mais elles se méfiaient. Les ragots, ça va vite dans un bled. Pas besoin de photos à poil pour faire une réputation. Suffit de paroles. Aussi les payses se tenaient-elles soigneusement à distance, préférant trouver leurs amoureux sous d'autres contrées moins hostiles, condamnant du même coup les garçons à s'amuser tout seuls.

Il faut imaginer un village du Forez, loin de « la grande Route », qui vit au son des cloches de l'église et de la sirène de l'usine. Un village avec ses champs, ses vaches, ses prés, son prieuré du XIe siècle qui domine la plaine, et puis ses deux usines plantées là comme deux verrues qui

ramènent les paysans des alentours, les immigrés du Sud de l'Italie, quelques Polonais égarés, et puis deux trois Espagnols. Dans les Cités, où voisinent des bâtiments identiques séparés par des allées identiques, végètent les travailleurs français abonnés au rouge et au syndicalisme et les vieux Italiens avec leurs préjugés qui remontent au temps où Jésus-Christ portait des bretelles.
Au Village, ce sont les notables qui annexent la cure et le basket tandis que ceux des Cités se partagent le foot et l'Amicale laïque.
Tout le monde se connaît, porte un surnom. Les prénoms, c'est pour le baptême. Les noms, pour la pierre tombale. On est embêté quand un étranger s'arrête, demande un tel ou un tel. On s'interroge les uns les autres, on demande aux plus anciens. Il faut un moment avant de comprendre que Monsieur Robert, c'est la Bascule qu'on croise tous les jours. C'est comme pour les noms de rues. Personne ne les connaît à part le facteur. On parle uniquement par lieu-dit : la petite Source, la Levée, le Petit Ruisseau, la Madone, le Lavoir. Quand il n'y a pas de lieu-dit, on dit « vers chez ». Vers chez la Baleine par exemple.

Les surnoms font partie de la mentalité. Ils viennent de cette époque ancienne où l'esprit des animaux se mélangeait allègrement à celui des hommes. Il y a des surnoms dynastiques : les Moineau. Mais comme il y a deux familles Moineau, on est obligé de rajouter le nom au surnom pour les différencier. Certains ont le droit à leur prénom plus un surnom : Jean la Gamelle ou Pierre Biscotte. Il y a des surnoms de comportement : la Fouine, le Rat, la Dinde, la Mule, le Hérisson. Des surnoms liés à un détail physique : le Groin. Des surnoms lourds à porter : Grosses couilles. Même les animaux portent un sobriquet. Ainsi le père Cuillère appelle-t-il son chien Raymond Barre parce qu'il le trouve trop gras.

Tout est inscrit dans une mémoire non écrite : les on-dit, les légendes, les secrets de famille (viols, incestes, infanticides). Un bruissement qui enrobe chacun, dont chacun fait partie, milieu impénétrable pour l'étranger, c'est-à-dire pour toute personne née en dehors du patelin. Dans ce monde où tout se mêle, les morts et les vivants, pas de place pour l'individu et sa liberté. Chacun transporte à chaque instant le regard de la communauté dans sa tête.
Dans l'espace concentré de l'usine, la parole s'accélère. Une parole railleuse qui nie le sentiment, véhicule l'impuissance des désirs. Il faut voir tous ces hommes qui

bandent dans leur tête, font l'inventaire des femmes du village, des physiques, s'imaginent des choses. C'est la lutte des bites contre les cons qui fournit le concept, pas la lutte des classes. On parle de la garde-barrière, belle femme divorcée qui fait fantasmer tous les hommes, ou de la nouvelle serveuse du bar à côté de l'église où les jeunes vont gaspiller leur argent.

Pendant ce temps, les femmes en peignoir et bigoudis cancanent chez l'épicier, le boulanger, le boucher, accouchent de médisances, font s'étirer la matinée puis s'en vont à la hâte préparer le repas de midi avant que l'homme ne revienne du boulot. Les enfants eux s'emmerdent à la communale. Ils ne comprennent rien à cette histoire de vase de Soissons, ricanent des rois fainéants, se désespèrent devant ces robinets qui coulent et ces baignoires qui fuient, et se moquent de la carte de France assimilée à une tache de sperme dans les draps. Quand il n'y a pas d'école, ils s'amusent comme ils peuvent. En jouant à la guerre, en dénichant les oiseaux, en torturant les grenouilles, en enculant l'âne du paysan d'à côté avec un manche à balai, ou en pendant des corbeaux après les avoir jugés comme ils l'ont vu faire pour les voleurs de chevaux dans les films de cow-boy qui passent sur la télévision en noir et blanc.

L'été, il y a le canal où l'on se baigne, un véritable paradis pour les microbes. Cela ne nous empêche pas de nous jeter à l'eau avec des chambres à air de voiture ou de camion en guise de bouée, de nous battre avec les paquets d'herbes gluantes que le bateau en fer jaune vient couper en été, ou de foutre les filles à la baille. On sort quand un cochon crevé qui vient des fermes plus haut passe lentement au fil de l'eau. On esquive les pots de chambre remplis des humeurs de la nuit que les vieux d'en face balancent généreusement sans regarder. On évite de mettre les pieds au fond de l'eau pour ne pas se couper avec les boîtes de conserve rouillées ou les bouteilles cassées. On embête les pêcheurs occasionnels qui taquinent le goujon, les femmes qui viennent au lavoir avec leur planche à laver et leur brosse décrasser les bleus de leurs maris ou démerder les drapeaux des nouveaux-nés.

Parfois, on monte au Pic pour regarder le paysage. De là-haut, tout tourne au ralenti, devient étrangement minuscule, silencieux. On domine le monde, comme autrefois les moines qui priaient pour leur Salut éternel dans la solitude et la chasteté. On voit le village qui s'enroule autour de la colline. On cherche à reconnaître l'endroit où chacun habite, étonnés de parcourir toutes ces distances en un clin d'œil. On repère le mur noir de la Verrerie qui s'étend des Cités jusqu'au début du Village, un mur plein de trous par lesquels les ouvriers se font livrer leur pinard pour tenir jusqu'au soir. Aussi il n'est pas rare de voir une casquette en toile bleue apparaître au-dessus du mur, siffler les écoliers qui s'en vont à pied, et une main tendre un litre vide afin de passer la commande chez la Maria. On admire les milliers de bouteilles à ciel ouvert qui étincellent au soleil en attendant de partir sous d'autres cieux. On pointe du doigt l'usine d'eau minérale à la sortie du village, près de « la grande Route ». On suit des yeux le canal qui traverse doucement le village, serpente dans la plaine du Forez, emmène les rêves des habitants et parfois le cadavre d'un ivrogne ou d'un désespéré.

Les plus grands font bande à part. Ils déshabillent les filles du regard quand elles passent devant le bar de la Philomène aux Cités. Ils les pelotent les soirs de Mardi-Gras quand ils peuvent les coincer dans un coin et puis, bien sûr, ils se branlent. Quand ils ont en marre de se branler, ils font des conneries. Ils cassent les vitres de l'ancienne école, volent les saucissons dans la cave de Jeannot l'Épicier, démolissent les rares lampadaires, font exploser les boîtes à lettres à coup de pétards, vont

chier dans l'église et se torcher le cul avec les missels, histoire de donner du boulot au garde-champêtre.
Bref, ils emmerdent le monde, heureux de s'attirer la réprobation unanime.

Comme disait le vieil Archibaldo, le philosophe des Cités, aux jeunes qui faisaient le zouave :
« C'est pas les vitres qu'il faut casser, c'est les culs ! ».

2

Les culs, on ne demandait pas mieux que d'en casser mais personne ne savait comment opérer. On n'avait d'existence qu'en bande et pour toute expérience les revues peuplées de femmes à poil que l'on se refilait en cachette, le corps nu de Brigitte Bardot entraperçu derrière le carré blanc du petit écran, les sourires aguicheurs des présentatrices télé ou les cuisses largement découvertes des Claudettes, les blagues cochonnes patiemment colportées, les chansons paillardes entonnées par les conscrits lors de la fête du village, les filles inconnues hâtivement pelotées dans l'obscurité du cinéma de Montbrison où l'on se rendait parfois en car le dimanche.

Aldo faisait exception à la règle. Plus téméraire, il n'avait pas craint de pédaler jusqu'au village d'à côté et avait ainsi trouvé une fille plus âgée surnommée le Concorde parce qu'elle était grande et avait un long nez. Il l'avait dépucelée et s'était dépucelé par la même occasion. Il avait 14 ans à peine. Un exploit à l'époque.

Il ne se privait pas de le raconter à tous ceux qui le savaient et à tous ceux qui ne voulaient pas le savoir. Il faisait même visiter l'endroit, un vulgaire coin de pré, « là où l'herbe ne repousse plus » disait-il. Même si l'endroit en lui-même n'avait rien d'exceptionnel, cela ne lui aurait pas déplu qu'on le baptise en fanfare avec discours du maire, dépôt de plaque, ruban d'honneur et défilé de majorettes. En attendant ce jour encore lointain, et par prudence, il s'était institué guide de son dépucelage. Et ça marchait. Les plus jeunes voulaient savoir. Où ? Quand ? Comment ? Questions auxquelles il répondait volontiers, peaufinant ainsi sa légende naissante.

Depuis cet acte fondateur, Aldo était devenu la vedette incontestée de la bande, investi de nouvelles responsabilités. Il se devait de tenir son public en haleine avec des aventures plus glorieuses encore, faire rêver ces futurs « mangeurs de cul » comme il les appelait. Il n'était pas avare sur les détails de ses prouesses : l'heure, la météo, la préparation. Il expliquait comment il lui fallait ruser sans cesse, laisser filer un peu avant de tirer doucement pour ne pas casser la ligne, fatiguer la proie avant de la ferrer. Il en rajoutait même car réussir du premier coup, il lui semblait, aurait diminué son mérite.

Son caractère voulait de la palabre, de la lutte, du péril avant la gloire. C'était son côté politique aussi.
Aldo travaillait dans une usine des environs, spécialisée dans la fabrication de roulements à billes. Non pas que ça lui plaisait, les roulements à billes. Mais avec son bagout naturel, il avait vite bifurqué vers la voie syndicale. Être délégué CGT, ça lui permettait de baiser en défendant les travailleurs, de se faire sucer en attaquant les patrons, et surtout de moins travailler. Il avait réussi une alchimie subtile qui mêlait sans vergogne le sexe et la revendication sociale. A une fille qui refusait la botte, il réclamait le smic, autrement dit une branlette. Il lui semblait qu'on ne pouvait pas se séparer à moins. Une question d'honneur, et surtout de justice libidinale. Comme il le disait si bien, il était doublement du PC : du Parti Communiste et du Parti du Cul. Aussi, en infatigable militant, il n'oubliait jamais d'emporter avec lui le samedi soir des tracts qu'il déposait sur les pare-brise des voitures à l'entrée des bals.

Aldo était surnommé le Chibre (lo Catso en Italien), à cause de la taille de son instrument. Comme certains dans les westerns astiquent leur colt car c'est la garantie de leur survie, lui aussi bichonnait son arme. Son œil était humide quand il parlait de sa queue.

Ils avaient fait tellement de choses ensemble. Accompli combien de missions qu'on aurait pu croire impossibles. Mais les faits étaient là. Elle avait su rester fidèle malgré les années, toujours prête à besogner sans poser de question, pas trop regardante sur les horaires ou la marchandise. La meilleure amie de l'homme quand on y songe. Si elle n'avait pas été de chair, fragile donc, il aurait volontiers pratiqué des encoches dessus pour se rappeler les coups qu'elle avait tirés.

Pour Aldo alias le Dard ou le Pistolet (Pichetole en italien), y a pas à dire, le monde était bien fait, cohérent même, puisqu'il y avait des trous et des queues pour les remplir. Très jeune, sans besoin de personne, il avait compris cette philosophie qui s'apparente au bilboquet. Il avait en quelque sorte trouvé par la voie naturelle ce que d'autres cherchent vainement durant toute une vie : le sens de l'existence. A tout bout de champ, quand il était en ville ou dans un bal, Aldo s'adonnait à la méditation. La moindre mini-jupe, le plus petit morceau de mollet ou de sein entrevu, la possibilité même d'une femme le rendait rêveur. « Regarde ce ballet incessant de culs ! », disait-il ravi. Ou, quand il était d'humeur plus badine : « Tu la baiserais pas avec ma queue ? ».

Aldo aimait encore plus parler du sexe que de le pratiquer. Faire sans dire, sans parole pour redoubler l'acte, n'aurait pas eu la même saveur. Il n'était pas un vulgaire baiseur qui ne pense qu'à son plaisir égoïste, mais un conteur qui aime partager. Sa curiosité n'avait pas de limite. Il avait débuté son noviciat en écoutant derrière les portes, se mettant en planque dans le couloir sans lumière du bâtiment où il habitait avec sa famille ou passant des soirées entières l'oreille collée sur le plancher pour surprendre ses voisins afin de peaufiner son information sur le monde du sexe. Un monde combien plus trépidant que les illustrés de Akim, Zembla, Blek le Roc que lisaient les copains et qui manquaient singulièrement de gonzesses.
Il en oubliait parfois des rendez-vous galants pour apprendre quelques secrets qu'il pourrait ensuite colporter. Car pour lui, le cul n'était pas simplement une affaire personnelle. Il fallait encore le rendre en paroles, le travestir en mots, le transmuer en racontars qui sont l'épopée du pauvre. Dans une autre époque, il aurait été troubadour, allant d'auberge en chaumière, de ferme en ferme, conter des histoires croustillantes et bien sûr en inventer quelques autres en culbutant les fermières et les servantes dans la paille. Il était le prêtre de l'église universelle du cul, son humble servi-

teur, animé d'un zèle infatigable, exhibant sans cesse les instruments fidèles de la foi : son dard en guise de croix, ses couilles en guise de cloches.

C'est Aldo encore, alias la Gazette, qui avait institué le rapport du dimanche matin, entre le pastis et les courses de chevaux au PMU chez Claudette. C'est lui qui menait l'interrogatoire, apostrophait les nouveaux arrivants, les soumettait à la Question. Tous ceux qui avaient participé à l'expédition de la veille étaient sommés de s'exprimer en public. Avouer ce qu'ils avaient fait, en n'épargnant aucun détail. Récits héroïques où l'on parlait abondamment de qui avait vomi sur qui, qui était allé au fossé, qui s'était battu et enfin qui avait tiré (limé, taraudé, graissé le moule, selon) une gonzesse, chacun choisissant le vocabulaire de son métier pour exprimer la chose de la manière la plus adéquate. Mais au-delà de la forfanterie des uns, des détails inutiles des autres, ces rapports permettaient d'établir une cartographie des bals, d'identifier les filles, les classer par régions et spécialités sexuelles, d'aller plus tard à l'essentiel sans perdre son temps. De savoir par exemple laquelle n'était pas trop farouche, voulait bien à défaut de baiser qu'on lui « mette la main aux seins ou à la chatte ». Laquelle ne rechignait pas éventuellement à vous satisfaire de manière manuelle. Une forme d'ethnologie primitive de la queue, d'ethnographie rudimentaire de la moule.

Il y avait ainsi la branleuse, connue pour n'avoir baisé avec personne de la bande. Par contre, elle en avait vidangé quatre ou cinq à la main. C'est pour cela que, même si ses charmes n'apparaissaient pas au premier abord, elle se retrouvait avec une cour nombreuse en fin de bal. Et comme elle travaillait encore à l'ancienne, une seule personne à la fois, rien n'était gagné d'avance. Les prétendants épuisés devaient encore trouver de l'énergie, voire de la ruse, pour conquérir une main de plus en plus sélective. Il y avait Gorge profonde qui, comme son nom l'indique, était fort prisée mais pas pour sa conversation. Et puis celles dont la disgrâce physique tenait lieu de sobriquet. Ces dernières étaient draguées aux heures les plus tardives par les mecs les plus avinés. Des soudards qu'un reste de conscience rendait désireux d'une apparence féminine. Peu importe la femme pourvu qu'il y ait le nom.
Ce qui faisait dire au vieil Archibaldo, le philosophe des Cités :
« Ils vont chercher des poules et ils ramènent des vaches ! »

Dans ce monde où le sentiment ne se dit pas, se camoufle même car il est la marque infamante de la faiblesse, les bals ne pouvaient être que la suite de la maraude ou de la chasse, deux activités qui se pratiquaient de père en fils depuis des générations. On avait volé des fruits dans les arbres des voisins, pêché à la fourchette des goujons et des ablettes quand le canal était gelé l'hiver, déniché les mésanges ou les geais, repéré les branches qui feront plus tard les plus beaux bois de fronde, mangé le pistil des feuilles d'acacia, fumé en cachette des cigarettes P4 ou du bois de sureau, tiré les moineaux à la carabine à plombs. Les bals venaient en quelque sorte clore cette période. Après avoir maraudé et chassé tout ce qui était possible dans la nature, il nous fallait marauder et chasser des femmes. C'est à ça qu'on pensait le lundi matin, quand on arrivait dans l'usine encore humide du grand lessivage du vendredi après-midi.

3

On arrivait flottants, à peine sortis du sommeil, pas lavés ou à peine, les oreilles engourdies, les yeux gonflés, le foie pas frais, la bouche pâteuse en disant :
« Plus que cinq jours ! ».
Les anciens et les nouveaux mariés faisaient des commentaires, inspectaient les traces de tampon sur les poignets pour voir si on avait été au bal la veille, faisaient mine de nous soupeser les roubignoles pour vérifier si elles avaient bien été vidées.

C'était leur distraction de début de semaine. De voir tous ces jeunes abrutis, qui devaient en chier comme des Russes, cela les consolait de reprendre le boulot. Ils se rendaient bien compte qu'on n'avait pas dû sucer que de la glace la veille. D'ailleurs pour le confirmer, il arrivait qu'on passe la matinée à boire des litres d'eau gazeuse et à crépir les uns après les autres l'unique chiotte de l'usine. On se demandait bien d'ailleurs ce

qu'on pouvait vomir puisqu'on n'avait pratiquement rien mangé du week-end.
Mais comme le disait si bien le vieil Archibaldo, le philosophe des Cités :
« Un veau qui tète n'a pas faim ! ».

Le Matou, dont la mission délicate consistait à visionner les bouteilles vides devant un écran éclairé afin de détecter celles qui étaient sales ou avaient un défaut, restait assis sur une pile de caisses en bois, un coussin moelleux sous les fesses, ses épaisses lunettes sur le bout du nez. Bercé par le lent mouvement, il s'endormait parfois.
Quelques mètres plus loin, juste après le vieux Lulu qui surveillait la tireuse où se remplissaient les bouteilles, Pompidou se dandinait derrière l'étiqueteuse, la gauloise au bec, le bourrelet ventral délicatement enveloppé dans le survêtement dépareillé qui lui servait de bleu de travail.
A l'autre bout de la chaîne, on s'agitait avec Youpi et le Coiffeur à ramasser les bouteilles pleines sur la chaîne. Un exercice périlleux car le verre sous pression explosait au moindre contact. Pas très grave sauf quand c'était des litres de limonade ou de soda qui inondaient notre pantalon d'un liquide poisseux. L'avantage de la chaîne, c'est qu'au bout d'un moment on arrivait à oublier

qu'on était là, dans l'usine, un lundi matin. Hypnotisés par le cliquetis des bouteilles qui s'entrechoquaient, on pouvait rêvasser, exhumer des images de la veille.

Le Mouthe et le Tane s'étaient levés bien avant nous, plus abimés encore. En tant que livreurs, il n'était pas rare qu'ils partent à cinq heures du matin, une ou deux heures seulement après être rentrés du bal. Ils rattrapaient leur sommeil durant le trajet, du moins quand le chauffeur ne s'amusait pas à zigzaguer sur la route ou à freiner brutalement histoire de les secouer comme une bouteille d'Orangina pour les remettre en forme. Car il n'était pas question de dormir une fois sur place avec les quelques tonnes de marchandises à véhiculer avec le diable, quand il fallait ravitailler les épiceries ou les bars dont les caves étroites n'étaient pas adaptées au transpalette ou au Fenwick.

On enviait néanmoins la place du Mouthe et du Tane. En tant que convoyeurs, ils sortaient de l'usine, voyaient du paysage, des êtres humains. D'autant que certains chauffeurs aimaient bien s'encanailler, boire une ou deux boissons d'homme après s'être débarrassés de leurs caisses en quatrième vitesse histoire de se libérer un peu de temps. Ils avaient leur parcours, leurs détours, connaissaient « la Blonde » qui tenait un bar dans tel bled, ou « la Pute » dans le bled suivant. Aller se faire mousser au comptoir, draguotter un peu, s'émoustiller la nouille, et tout ça pendant que les cons s'occupaient de ramasser des bouteilles sur une chaîne, il y avait là un parfum indéniable d'usine buissonnière. Les chauffeurs et les convoyeurs, qui revenaient parfois bourrés de leur halte prolongée, ramenaient ce parfum dans les murs de l'usine, faisaient rêver un peu ceux qui s'ennuyaient à regarder toutes les cinq minutes l'aiguille des heures faire du surplace sur leur poignet.

On profitait d'un arrêt inopiné de la chaîne pour échanger quelques mots sur le bal de la veille avec le Matou, encore surnommé le Greffier, ce qui lui convenait doublement. Car outre son côté félin, son cerveau était un véritable classeur où tous les faits et anecdotes étaient dûment consignés. Le Matou, subitement réveillé, faisait le tour de l'usine, interrogeait chacun à son poste de travail pour avoir des renseignements de première bourre sur la virée de la veille. Sur les verres bus bien sûr, mais aussi les filles (les canons, les buses, les boudins, les tas, selon) draguées, éventuellement tirées. Il recoupait ensuite les informations, pointait du doigt les incohérences, repartait vérifier un ou deux points litigieux, en évitant soigneusement le directeur surnommé le Lièvre. Ce rapport, scrupuleusement répété à tous les protagonistes, permettait de prolonger le week-end.

4

La Source était une entreprise familiale que dirigeait Jean-Charles Parot, surnommé 51 pour son aptitude à boire du pastis en toute circonstance. Un noceur au visage grêlé et bouffi qui avait eu des démêlés avec la justice, et même fait trois jours de taule pour avoir provoqué un grave accident de la route un soir d'ivresse avec son Alpine-Renault.

La journée, 51 passait en coup de vent, distant, dédaigneux, laissant le soin de l'intendance à son bras-droit le Lièvre. Le soir, il se dégelait parfois et n'hésitait pas à embarquer un ouvrier, de préférence le plus ivrogne, histoire de ne pas être seul dans sa tournée des bars de la région qui le conduisait par ondes concentriques jusqu'à la capitale stéphanoise. Un compagnon d'une nuit sans sommeil qu'il ramènerait chiffonné au petit matin, juste à temps pour reprendre le boulot.
En tant que patron, 51 était, sinon coulant, du moins fataliste. Les verriers étant considérés comme les aristo-

crates du coin du fait qu'ils ramenaient une plus grosse paie, il savait bien que c'était sa vocation d'accueillir tous ceux que la Verrerie avait rejetés. De jouer le rôle d'assistant social en quelque sorte.

Aussi la Source était-elle une vraie usine des miracles où se côtoyaient tous les prototypes de l'humanité. Des paysans qui n'arrivaient plus à vivre sur leur lopin de terre et se faisaient ainsi un complément de salaire. Des cas sociaux. Des débiles légers. Des étudiants l'été pour renforcer l'équipe lors des pics de chaleur où les ventes d'eau gazeuse s'envolaient. Et puis tous ceux que l'école emmerdait. Il faut dire que la plupart des parents ne voyaient pas l'utilité pour leurs rejetons de s'encombrer la tête avec toutes ces conneries. Le but, depuis toujours, c'était de prendre un jour la place du père à l'usine, de cultiver le jardin pour se nourrir et faire des conserves de légumes pour l'hiver. D'ailleurs tous les ouvriers avaient un ou deux terrains loués sur lesquels s'élevaient des cabanes en planches pourries et en tôles rouillées récupérées on ne sait où et qui abritaient un râteau, une bêche, une pioche et des cages à lapins. La plus pittoresque étant de loin celle du père Rocca d'Evandro, avec son parapluie ouvert sur le toit pour la protéger des fuites d'eau, ses roues de poussette qui tournaient au gré du vent pour éloigner les oiseaux qui ne s'en émouvaient guère. Une cabane qui aurait plu au facteur Cheval, l'exacte contraire de la cabane du gros Armando, en planches bien ajustées peintes en rouge et vert, qui abritait sa voiture. Une Ford rutilante qu'il prenait rarement, et qu'il astiquait longuement après chaque sortie, lavant les jantes et les roues. Le gros Armando n'avait que mépris pour ces cabanes de tzing' (bohémien en italien) et ne se privait pas d'aller pisser dessus quand il pensait que personne ne le voyait.

A la Source donc, végétaient ceux qui n'avaient pas pu entrer à la Verrerie. A l'exception des chauffeurs qui étaient un peu les seigneurs de la boutique, et de trois ou quatre "chefs", dont Aurès –un ancien d'Algérie plus chef de bande que chef d'ailleurs qui nous emmenait chaque matin au boulot dans son Ami 8– il n'y avait que des postes de manars vers lesquels nous avancions chaque jour à reculons, rêvant d'un emploi plus lucratif. Ce qui faisait dire au vieil Archibaldo, le philosophe des Cités :
« Eh oui, ils sont trop intelligents pour rester ici et trop cons pour aller ailleurs ! ».

Le travail à la Source se résumait à trier les bouteilles vides par catégories, les dépoter sur la chaîne pour qu'elles aillent à la laveuse puis à la tireuse se faire remplir de limonade ou d'eau minérale gazeuse, les ramasser ensuite pleines pour remplir des caisses vides, monter des palettes vides avec des casiers pleins, manier des palettes pleines au transpalette pour charger des camions vides.
Un travail qui ne nécessitait pas de compétence particulière, bien au contraire. C'est pour cela que la Source était l'aboutissement naturel de tous ceux qui avaient été laissés sur le bord du chemin.

Pas de femmes, uniquement des hommes, des vieux garçons le plus souvent. Il y avait le Putois, qui ne se lavait plus depuis que sa femme était morte. Bourdin dont le ventre l'empêchait de pisser sans s'inonder le pantalon et qui descendait sa caisse de bières par jour depuis que le médecin lui avait formellement interdit de boire du vin. Mohammed, un Algérien, qui venait chaque jour de Bonson en mobylette avec son casque sur la tête. Dès qu'il arrivait, il se murait à l'intérieur de lui-même, rendant son visage au maximum lisse pour que les insultes racistes n'aient pas de prise. Mohammed vivait avec son frère. Ses seules distractions : boire des bières le week-end et se payer une pute une fois par mois, le jour de la paie. Une fois par an, il repartait voir sa femme au pays, lui faisait un enfant avant de rempiler pour une année identique. Parfois il s'oubliait un peu, prolongeait ses vacances d'un mois ou deux, puis revenait penaud se faire réembaucher.

Plus débonnaire, Popol, un gros nounours aux yeux ronds et aux favoris broussailleux. Avec son beau-frère aujourd'hui veuf, ils vivotaient dans une ferme des environs, élevaient des lapins et des poules, produisaient du vin pour leur consommation personnelle, une piquette à 9 degrés qui aurait aussi bien pu servir de vinaigre et qu'on recrachait aussitôt quand on avait l'audace de la goûter.

Popol était encore puceau à 40 ans. Quand on lui parlait de femmes, il rougissait en rigolant. On l'emmenait de temps en temps voir un film porno le vendredi soir, à Montrond-les-Bains, une ville un peu huppée qui, en plus de son casino, possédait un cinéma porno. Ses observations des relations entre chien et chiennes, chevaux et juments, chèvres et boucs ne l'avaient pas préparé à voir une femme se faire prendre par deux hommes à la fois. « Ooh ooh, c'est pas possible », il s'esclaffait tout au long du film de sa grosse voix sonore.

Il y avait Youpi, la mascotte de l'usine, mi-homme mi-faune, qui semblait tout droit sorti d'un conte gothique et à qui on aurait été bien en peine de donner un âge. Petit, robuste, le visage en forme de lune, un long sexe qui pendait sous sa salopette car il ne portait pas de slip, Youpi avait une bouche fendue jusqu'aux yeux, ce qui lui donnait l'air de rire continuellement, même quand il était triste ou en colère. Depuis que sa mère était morte, sa paie était gérée directement par le directeur, le Lièvre. C'est lui qui lui donnait l'argent pour aller chez le coiffeur ou faire ses courses. Youpi était en quelque sorte l'enfant de l'usine. Il habitait d'ailleurs sur place, dans d'anciens bureaux transformés en appartement. Youpi ne manquait pas de verve. Il aimait les mots, surtout les bouts rimés. Il les utilisait pour éluder les conversations, retourner les phrases qui ne lui convenaient guère.
Outre son sempiternel « dans le cul la balayette ! » qui lui servait de réplique aux ordres du Lièvre, il avait ses classiques dont il ne se lassait pas.
Ainsi lorsqu'on rigolait de lui, il assénait :

« Rigolons peu, rigolons bien.
Enculer un bedeau,
C'est interdit par la religion.

Et se torcher le cul avec un oursin,
C'est très malsain. »

Enfin il y avait l'Allemand qui avait été fait prisonnier en 1945, s'était établi là après avoir épousé une fille du pays et faisait un peu figure de chef car il avait l'autorité naturelle. Sec, droit, le cheveu en brosse, des lunettes d'écaille, un air sévère que démentait son sourire, l'Allemand arrêtait la laveuse quand c'était l'heure de boire un coup, autrement dit toutes les demi-heures, et invitait Youpi, Popol et le Putois à venir s'humecter le gosier. Il avait introduit une rigueur toute germanique dans la soulaison journalière. Un observateur étranger aurait été surpris d'apprendre que ces hommes, qui buvaient méthodiquement leurs quinze litres de vin quotidiens, produisaient en fait de l'eau gazeuse et de la limonade.

Le Lièvre était le chef de toute cette bande de bras cassés. Pour pouvoir garder un tant soit peu d'autorité, il cachait sa bonhomie naturelle sous un air sévère que personne ne prenait au sérieux. Toute la journée, il faisait le tour de l'usine sur son mini-vélo bleu. Slalomant entre les palettes posées sur les quais, évitant les Fenwick qui débouchaient de manière brutale, il parcourait l'entrepôt pour surveiller ceux qui venaient en douce piquer des bières dont l'usine faisait aussi le négoce, filait au triage surprendre les étudiants qui glandaient plutôt que de trier les bouteilles vides, repassait par l'usine où l'on s'activait à la chaîne avant de rejoindre les bureaux à l'extérieur où les secrétaires enregistraient les commandes. Il parcourait ainsi des dizaines de kilomètres par jour, à surveiller les uns et les autres, se multipliant et se démultipliant avec son pédalier, dans la crainte de voir le fragile édifice s'effondrer.

Parfois, pour rire un peu, profitant que le Lièvre discutait avec un chauffeur, on hissait son mini-vélo tout en haut des palettes à l'aide d'un Fenwick ou on pissait dans le litre de vin de l'Allemand et de sa bande qui y voyaient que dalle et se léchaient les babines.

5

Le soir après le boulot, on allait traîner notre ennui devant chez la Philomène, une épicerie-buvette située juste après le pont qui marque l'arrivée aux Cités. « La frontière italienne », disaient autrefois les gens du Village, prétendant qu'il fallait un passeport italien pour entrer dans ce repaire de macaronis (rital ne se disait pas encore) ou de gnafres (pour reprendre le mot injurieux du coin).

De chez la Philomène on pouvait admirer sur la droite le Château d'eau et les deux cheminées en briques rouges de la Verrerie qui crachent jour et nuit leur fumée noire dans le ciel. On pouvait aussi emprunter le chemin de terre qui longe le canal où des grillages à larges mailles permettent de voir l'intimité de l'usine, grillages à travers lesquels les anciens verriers passaient leur outil pour ramoner vite fait leur femme ou leur maîtresse venues leur apporter la gamelle. C'est du moins ce que rapportait la légende.

Chez la Philomène, c'était un peu notre seconde maison. Dès l'âge de 7 ans, on venait s'essayer au baby-foot ou au flipper et s'informer sur la vie en écoutant les histoires des grands et les radotages du vieil Antoine surnommé la Buse. La Buse faisait partie des murs et même du paysage. Durant des années, il s'était s'endormi ivre-mort au milieu de la route par tous les temps, s'était cassé les jambes et les bras dans ses chutes. On l'avait approximativement rafistolé. Puis, miraculeusement, il avait arrêté de boire. C'était maintenant un gnome tout disloqué, qui se déplaçait lentement avec sa casquette et sa canne en direction des cités pour séjourner sur le trottoir devant chez la Philomène en été, ou devant le poêle en hiver, emmagasinant tous les ragots qu'il colportait ensuite dans son éternelle gibecière.

Adossés au mur, face à la route, les plus âgés faisaient salon tout en déshabillant les femmes du regard quand elles passaient. Ils commentaient leur démarche, évaluaient la grosseur de leurs seins ou de leurs fesses, disaient d'un ton hâbleur « Elle, je la pinerais toute droite ! », ou encore : « J'y mettrais bien mon rouleau à pâtisserie dans le cul ! », avant de s'interrompre brutalement quand apparaissait la sœur de l'un ou la mère d'un autre.

Les soirs d'été, à la fraîcheur, il y avait des palabres, tandis que la nuit tombait peu à peu. Les plus anciens échangeaient des souvenirs de leur service militaire, le bon temps des concours de queues et des bites au cirage, sous l'œil ravi des plus jeunes. On parlait aussi de bagarre. Il y avait ceux pour qui donner une châtaigne (un marron, une pêche, un pain, une beigne, une mornifle, un taquet, une mandale, selon) était un sport comme un autre. Des plus violents qui exprimaient une enfance déchirée par des coups de tête ou des coups de pieds dans les burnes. Des bagarreurs comme Aurès dont on vantait les exploits comme on vante les exploits des héros dans les épopées.

Petit, brun, d'une force peu commune, Aurès avait fait la guerre d'Algérie, récolté des médailles militaires au front. Comme d'autres, il avait effectué des razzias dans les villages algériens, assisté au meurtre des hommes, au viol des femmes. Il nous le racontait parfois, rarement il est vrai, sans que l'on sache vraiment ce qu'il en pensait, si cela constituait un acte de bravoure ou un traumatisme, comme pour son collègue Tizi Ouzou qui, depuis qu'il était revenu de « là-bas », ne dessoûlait plus.

Fatigués de parler de cul ou de bagarre, les plus tchatcheurs embrayaient sur la politique nationale et même internationale. Deux camps se formaient alors entre ceux peu nombreux mais téméraires qui défendaient les Américains récemment débarqués sur la Lune et ceux qui préféraient Gagarine et les Russes, autrement dit les communistes.

En général, on allait chez la Philomène pour « boire le jus », taper une belote après manger avant de reprendre le boulot. On entrait dans la salle au plancher de bois brut, aux tapisseries à fleurs défraîchies, s'asseyait à une des quatre ou cinq tables dispersées autour du poêle à charbon. Pendant que la Philomène vendait son beurre à la coupe, ses boîtes de conserves et ses produits italiens –spaghettis au détail selon le numéro, picorine, mortadelle ou jambon de Parme–, on ne se gênait pas pour pénétrer dans la cuisine prendre le Progrès du jour afin de lire les faits-divers, les avis de décès, les pronostics pour le tiercé et les annonces de bals en fin de semaine.

Armée d'un chignon plus haut qu'un Panettone, la Philomène assumait la boutique entourée de ses trois filles qui poussaient tant bien que mal parmi les potins et les blagues graveleuses des habitués, tandis que Marcello, son homme, traversait la salle, tel un fantôme. Il était devenu une ombre depuis la mort de sa fille aînée, une blonde vénitienne aux yeux bleus, la

plus belle fille du pays décédée à 20 ans d'une rupture d'anévrisme.
Il venait nous servir à boire quand on l'appelait, ouvrait le grand frigo à l'habillage de bois ou s'étirait pour attraper les bouteilles d'alcool qui trônaient encore poisseuses du week-end précédent.
Bel homme, le cheveu cranté, un visage de tableau italien, Marcello était taciturne, dépressif. Outre la mort de sa fille, il n'en revenait pas, lui, l'Italien du Nord aimant l'opéra, d'avoir atterri dans ce bled où la seule musique qu'on entend est celle des tripes, où l'on crache, pète et pisse fièrement en public.

Pisser en plein air, cela se faisait depuis toujours. A toute heure du jour et sans se cacher, dans les recoins des maisons, sur les arbres, les fleurs, les poteaux EDF, en bordure des fossés, le long du canal, derrière l'église, et sur le mur de la Verrerie bien sûr. Des générations d'hommes avaient ainsi irrigué le paysage. Cela ne dérangeait pas Jeannot l'Epicier de discuter du temps qu'il fait avec les passants tout en se secouant l'instrument pour évacuer les dernières gouttes, ni Robert le Boucher d'aller se soulager sur le mur en face de sa boutique avant de revenir servir les ménagères sans songer un instant à se laver les mains, ni le grand Tonin

de péter en pleine rue en levant la jambe. Ce qui faisait dire au vieil Archibaldo, le philosophe des Cités :
« Tiens, il tonne, il va pleuvoir de la merde ! ».

En revenant du bal le dimanche à quatre heures du matin, quand on tenait encore debout et qu'on n'allait pas braconner les lapins à la lumière des phares dans les chemins du remembrement, on réveillait Marcello pour qu'il nous fasse les macaronis. On allait gueuler sous ses fenêtres, et quand ça ne suffisait pas, on balançait des cailloux gros comme le poing sur les volets en fer. On cessait le bombardement quand on entendait une fenêtre s'ouvrir, les volets grincer et qu'apparaissait la tête ébouriffée de Marcello. Marcello se faisait tirer l'oreille pour le principe, car il était plutôt du genre à ne pas dormir. Et puis parce qu'il se disait bien qu'avec tous ces briagones (ivrognes en italien), ça risquait de dégénérer.
Mais enfin, il acceptait de se mettre aux fourneaux après avoir débranché le juke-box pour éviter que Johnny Hallyday ne réveille les voisins, mais non sans avoir au préalable apporté les litres de Kiravi qu'on lui réclamait, histoire de se démolir encore plus la tête. C'était de grosses plâtrées de pâtes à la tomate qui venaient atterrir devant nous, avec le picorine râpé et un petit

bout de fourme de Montbrison pour terminer. Puis, comme à chaque fois, tout le monde partait sans payer, ce qui faisait hurler Marcello. Là encore pour la forme, car il savait qu'il nous alpaguerait tous, le lendemain ou le surlendemain à l'heure du café ou de la belote. Mais c'était un rite de partir sans payer. Ça rajoutait au plaisir.

6

Le vendredi, le temps s'accélérait soudain. Toute cette énergie contenue durant une semaine commençait à bouillonner dans les têtes et les corps. Terminées les branlettes énoncées sur un air de gloire, car c'est une gloire que de l'avoir raide et de la faire juter.

Faute d'aventures plus glorieuses à conter, la branlette restait avec les bals le grand sujet de conversation, façon minimale d'affirmer sa virilité. Les moins pudiques expliquaient comment cela les avait pris soudain en pensant aux cuisses bronzées de l'infirmière de Chalmazel, aux gros seins de la coiffeuse de Feurs, ou au petit cul de l'Italienne de Boën-sur-Lignon. Comment ils avaient résisté vaillamment avant de capituler, d'abandonner leur poste de travail pour aller se faire une queue dans les chiottes de l'usine. Dès l'adolescence avaient eu lieu des compétitions où chacun cherchait à gicler le plus loin. Certains poussaient même la conscience professionnelle jusqu'à se branler en chœur chez le Dindon, un vieux binoclard veuf qui habitait une petite maison délabrée à la sortie du village, et qui n'était jamais le dernier à sortir sa vieille queue flétrie aux poils tout blancs pour participer à cette compétition particulière où était déclaré vainqueur celui qui avait éjaculé le plus vite. On disait qu'il avait eu des ennuis avec la Justice pour des histoires de mœurs. En attendant, tout décati, à plus de 70 ans, il bandait encore et offrait des pommes de son pommier à tous les participants pour les remercier de cette belle séance qui lui rappelait sa jeunesse.

Chacun avait sa méthode. Les plus poètes se contentaient d'imaginer leurs partenaires, en changeant de visage au rythme de leur main. Un moyen idéal pour honorer toutes celles qui les avaient fait fantasmer durant la semaine. Les plus pragmatiques, ou moins imaginatifs, perçaient des trous dans les WC mitoyens aux planches mal ajustées qu'on trouve tout au fond des jardins des Cités, histoire de visionner l'anatomie de leurs voisines. Ces chiottes moyenâgeux, avec leur fosse à merde, où l'on se torchait tant bien que mal avec les vieux journaux, remplaçaient les peep show qui n'étaient pas encore arrivés jusque-là.
Bref, quelle que soit la manière, chacun tenait à faire savoir que sa bite (manche de pioche, barre à mine,

démonte-pneu, selon) existait, avait résisté à cette semaine émolliente, était vaillante au fond. Les branlettes (pognes ou pougnettes) avaient servi d'entraînement, histoire de ne perdre ni le muscle ni la main. D'ailleurs même le Lièvre, qui connaissait ses lascars, s'y référait comme au mètre étalon.

« Alors, on fait des pognes ? », il disait à tout bout de champ quand il nous surprenait à ne rien faire.

Le vendredi donc, après le travail, on se dépêchait d'aller chez soi pour se changer et se passer un rapide coup de gant de toilette sur le museau, avant d'aller retrouver les copains au PMU pour discuter autour d'un verre le programme du week-end. En général, c'est le Tane qui venait nous chercher dans sa R 8 Gordini, faisant vrombir le moteur dans les rues, freinant brutalement d'une allée à l'autre, klaxonnant impérieusement jusqu'à ce qu'on ouvre la fenêtre pour dire qu'on arrive.

Les mères lançaient « Où est-ce que vous allez encore courater ? », sachant bien que cette sortie n'augurait rien de bon. Les pères faisaient semblant de se mettre en colère. Ils se rappelaient qu'ils étaient eux aussi pas mal sortis avant leur mariage, se faisant reprocher de manière colorée par leur mère cette vie de patachon. Quant aux petits frères, ils n'oubliaient pas de rajouter

de l'huile sur le feu en demandant narquois : « Tu veux que je te prépare la cuvette ? ».
La cuvette, c'est vrai, on s'en servait beaucoup le week-end, du moins quand on avait encore la force de la prendre en dessous de l'évier et de la placer judicieusement au pied du lit au cas où l'envie de vomir nous prenne, ce qui arrivait forcément quand on s'était mis le foie de travers à force de mélanges.
« Tu devais être beau hier soir ! », apostrophaient le lendemain les mères qui n'avaient pas manqué de repérer que la cuvette n'était pas à sa place.

C'est les mères qui gueulaient le plus souvent. Il faut dire que c'est surtout elles qui se faisaient du souci, ne dormant que d'un œil, guettant les bruits des voitures. Elles redoutaient les accidents de la route, et puis aussi les accidents domestiques. Il y avait des exemples. Pompidou s'était endormi la tête dans le frigo en revenant du bal alors qu'il cherchait une bouteille d'eau gazeuse. Le Matou avait failli cramer dans son lit en oubliant de débrancher sa couverture chauffante. Quand au Mouthe, dont l'appétit était proverbial, il avait carrément bouffé la soupe du chien qui traînait sur la table de la cuisine en pensant que c'était une soupe à l'oignon.

7

Situé à mi-chemin entre le Village et la Cité, le PMU constituait le point de ralliement de tous ceux qui sortaient. Dans ce temple dédié à la modernité, et où s'affichaient miroirs et formica de toutes les couleurs, officiait Claudette.

Cheveux blonds oxygénés, mouche sur le visage, Claudette avait le verbe haut, c'est-à-dire en dessous de la ceinture. Elle gardait bien au chaud dans le juke-box, parmi les tubes du moment, une ballade de ses heures de gloire : *La Femme aux bijoux*. Cet hymne à la perfidie féminine faisait frémir son âme, la rendait rêveuse. Plus qu'une chanson fétiche, c'était son portrait que l'on devinait dans les paroles gouailleuses de Georgette Plana. Ou plutôt, ce qu'elle aurait aimé être : une femme fatale, enjôleuse et ensorceleuse, se riant des serments mais pas de l'argent.

Toute la semaine, les ivrognes du patelin, les malmariés et les célibataires, venaient stationner au comptoir, boire un pastis ou un verre de vin, histoire d'entendre des blagues, se distraire un peu avant de rentrer chez eux manger la soupe à la grimace avec la bourgeoise ou pour se noyer seul dans le vide vertigineux du lit. Ils venaient mettre un peu de jaune ou de rouge dans leur quotidien, faisaient étirer la soirée pour éviter l'ennui épais qui suinte de partout l'hiver, que l'on sent dehors dans le ciel gris, dans les prés mouillés, dans les vaches sans poils, dans les arbres sans feuilles, dans le bruit des mobylettes qui déchire interminablement le silence. Pour éloigner la cloche du Pic qui résonne d'outre-tombe, annonce la mort, pour faire disparaître le cimetière sournoisement planté au milieu du village qui avale les générations les unes après les autres depuis l'éternité. Cimetière devant lequel on passe à toute heure du jour et de la nuit, en se signant furtivement pour éloigner les mauvais esprits qui ne manquent pas de rôder ou la Dame Blanche que de mauvais plaisants vêtus d'un drap se plaisent à ressusciter une fois l'an.

Chez Claudette, c'était un peu l'équivalent du bar à champagne dans les quartiers chauds des grandes villes. Sauf que chez elle, il n'y avait pas de champagne ou alors le champagne du pauvre. Il n'y avait pas non plus d'entraîneuse. Elle jouait tous les rôles. Intendante, serveuse, videuse à l'occasion, elle savait, quand les conversations s'étiolent et que chacun s'ennuie sans remettre son verre, réveiller l'assistance par des mots qui titillent la braguette. Un coup de Georgette Plana là-dessus, et c'était reparti pour de nouvelles tournées.

Sûr qu'en ville, elle aurait dirigé un boxon de velours d'une main de fer car son langage constellé d'expressions de cul cachait mal le fait que c'était une femme de tête. Une femme au sang froid, au petit œil bleu plein de ruse, qui ne manquait pas de mérite. Car assurer l'animation dans un bled où il n'y a pas de cinéma, pas de bibliothèque, pas de sex-shop, où les semaines sont aussi désespérantes que la steppe, c'est pas une sinécure. Facile d'être Madame Claude à Paris, Michou à Pigalle. Mais là, dans un trou paumé où tous les jeunes puceaux s'emmerdent et où les vieux puceaux sont plus près du suicide que de leur première queue, c'était faire œuvre de salubrité publique. Aussi elle ne ménageait pas ses efforts pour garder sa clientèle. Surtout que la clientèle est par essence ingrate, volage, qu'elle a toujours la tentation d'aller voir ailleurs. Ce qui arrivait de temps à autre, quand le bar-hôtel près de l'église embauchait une nouvelle serveuse.

Pendant quelques semaines, Chez Claudette se vidait de ses forces vives, à l'exception des ivrognes qui ne voyaient pas l'intérêt de changer d'endroit pour boire la même chose. Les jeunes mal dégrossis et les plus vieux que la fesse nouvelle attiraient, les coureurs de jupon patentés et les célibataires perpétuels, voulaient le flacon et l'ivresse, rêver un peu et qui sait tenter leur chance, gagner enfin quelque chose à la loterie de l'amour. On en voyait même se changer, se « mettre en dimanche » en semaine, se parfumer, s'essayer à la galanterie tout en essuyant les moqueries des copains.
Mais ça ne durait jamais longtemps. La nouvelle serveuse partait, ou alors fréquentait un gars de la bande. Au pire elle restait, mais devenait moins nouvelle. L'horizon ouvert un instant s'effaçait comme un rond dans l'eau. Tout le monde retournait chez Claudette qui se mettait en frais, envoyait deux ou trois blagues bien tassées en même temps que sa tournée.

On comprend mieux pourquoi Claudette ne pouvait pas se permettre de ne pas parler de cul. Elle devait faire illusion, se dédoubler sans cesse, être la patronne et l'entraîneuse, donner un air de bordel tout en gardant l'œil rivé sur le tiroir-caisse. Se déguiser en femme fatale, rétrécir ses robes, augmenter la profondeur d'un décolleté, mouler d'avantage un corsage, resserrer au maximum sa taille à l'aide d'une large ceinture au risque d'étouffer.

Il lui fallait montrer qu'elle n'était pas inaccessible, suggérer que tout le monde avait sa chance. Ne pas dire non, d'un seul coup, à jamais. Entretenir l'espérance, que les jours monotones prennent la couleur de sa bouche, la profondeur de son sein, la rondeur de ses fesses. Mais elle n'accordait pas ses faveurs pour autant. Elle savait bien que son commerce était bâti sur l'illusion. Que cela aurait cassé la machine à fantasmes que de se permettre des privautés. Elle était comme ces vieux manèges, condamnée à agiter sans cesse le pompon pour faire croire qu'on va avoir un tour à l'œil.

8

Claudette régnait sur un monde disparate. En plus des ouvriers en déplacement venus réparer les fours de la Verrerie et qui prenaient pension pour la semaine, des turfistes le dimanche, des jeunes boutonneux en goguette, elle accueillait ceux pour qui le bar était la seule famille.

Il y avait les mélancoliques comme le Merle qui buvait seul depuis que sa femme était partie boire avec quelqu'un d'autre. Les boute-en-train comme Ringo dont le visage bourgeonnait tel un pied de vigne au printemps. Ringo, quand il était ivre, ce qui arrivait fréquemment, abandonnait sa 2 CV qu'il avait baptisée on ne sait trop pourquoi « la Cancéreuse » au milieu de la route pour entrer chez Claudette. Là, avec son chapeau de cow-boy sur la tête, il se lançait dans des numéros improvisés ou entonnait le refrain d'Yves Montand *Dans les plaines du Far West quand vient la nuit* en tournant sur lui-même tandis que les quelques voitures immobilisées derrière sa 2CV klaxonnaient bruyamment.

Claudette savait aussi se faire infirmière afin de s'occuper des ivrognes pour qui c'était la dernière station avant la morgue. On en comptait trois ou quatre comme ça, en sursis, qui tenaient grâce aux perfusions d'alcool qu'elle leur administrait au comptoir. Le bar faisait office de chambre d'hôpital où ils pouvaient recevoir les soins palliatifs de l'âme devant un pot de rouge, l'après-midi, quand le café était désert et que les heures mouraient d'ennui sur le cadran de l'horloge.

On retrouvait là Obélix avec ses cheveux de paille et ses bacchantes, à peine âgé de 40 ans, mais vieux déjà d'un siècle de solitude. Il grossissait lentement au comptoir et tentait tant bien que mal d'arrêter de boire depuis qu'il avait eu une crise cardiaque. Il ne quittait son tabouret qu'à la fermeture pour retrouver la ferme familiale où personne ne l'attendait plus depuis que ses vieux étaient morts.

Obélix était surtout connu pour boire ses trente pastis par jour, cinquante les jours de bringue. Cela lui assurait une certaine réputation. Il était le mètre étalon de l'alcool, le héros malgré lui d'une épopée qui se jouait de manière souterraine dans la vie du village.

Outre ses prouesses liquides, Obélix avait connu son heure de gloire en enfonçant la barrière du pont du canal à la sortie du village. La 4 L était restée en équilibre au dessus du canal mais avait nécessité une délicate intervention des pompiers volontaires pour extraire Obélix de sa boîte en fer. Toute la journée du dimanche, le pont défoncé et la voiture solidement amarrée par des câbles avaient fait l'objet d'un pèlerinage de la part de tous ceux qui voulaient se rendre compte par eux-mêmes du miracle de l'alcool.

Aussi corpulent mais plus âgé, l'Ours vivait avec sa sœur, une femme sèche comme un coup de trique. Elle venait le chercher au bistrot à l'heure de la soupe pour le ramener à la maison, en le poussant avec un bâton comme un bœuf qu'on ramène du labour. L'Ours avait du mal à se mouvoir. Si sa condition physique lui permettait encore de s'envoyer quelques pots de rouge, elle lui interdisait de monter les quatre marches qui séparaient la route de son abreuvoir favori. Aussi il passait désormais par le garage de Claudette qui avait l'avantage d'être de plain-pied. A pas lents comme un gros jouet mécanique, il glissait dans l'arrière-cour, ouvrait tout doucement la porte de la cuisine avant d'apparaître dans la salle du PMU et d'entamer une manœuvre délicate pour s'asseoir. De plus en plus souvent, quand il quittait le bar après une halte prolongée, il laissait une traînée noirâtre sur sa chaise. C'était son foie, sa vie, qui coulait doucement des entrailles, petite trace d'un corps obèse, dernière preuve d'une existence liquide bientôt épongée par le cimetière.

Il y avait aussi ceux que la guerre avait détraqués, anciens combattants ou prisonniers de la guerre de 40. Ils s'arrêtaient un instant au comptoir pour commander un canon de rouge qu'ils avalaient cul sec en balançant "Encore un que les Boches auront pas !" avant de regagner la rue où ils beuglaient des discours confus sur la patrie en danger qu'ils terminaient en criant comme De Gaulle : « Vive la République, vive la France ! ».

9

En chemise blanche ou petit pull de laine au-dessus du nombril, la manche roulée sur le biceps pour coincer le paquet de clopes, abondamment parfumés, les cheveux laqués pour certains, la croix en bandoulière ou alors la gournite, cette petite corne en or que portent les Italiens, chacun arrivait le samedi soir chez Claudette plus brillant qu'un sou neuf après être passé aux douches municipales à côté de la Poste. L'occasion une fois par semaine de se laver à fond, ce que ne permettent pas toujours le gant de toilette et la cuvette chez soi (car personne n'avait encore de douche aux Cités), de se faire un shampoing et surtout de se récurer l'instrument ou la flèche comme aimait la nommer Aldo.

Disparus les bleus de travail ou les jeans troués, la barbe de plusieurs jours. Des visages glabres, des corps travestis en habits du dimanche faisaient leur apparition, déclenchant les moqueries des habitués. D'autant que Le Tane, la Poupée, le Coiffeur et Aldo affectionnaient

les pantalons qui vous moulent les fesses et font de la publicité pour le service trois pièces.
Ce qui ne manquait pas de susciter une parole railleuse du vieil Archibaldo, le philosophe des Cités quand il nous voyait passer : « Alors, on a sorti les couilles ! ».

Pressurisées ainsi sous le slip et le pantalon, on ne peut pas dire que les couilles étaient à l'aise. Mais au moins, elles sentaient qu'on s'occupait d'elles, qu'on les mettait en valeur, ce qui n'était pas le cas dans le pantalon informe de la semaine d'où elles auraient pu s'échapper en douce sans qu'on s'en aperçoive. Dans un trou où les ouvriers ne sortent pas sinon pour aller au jardin, où l'on reste en bleus toute l'année, cela faisait sourire tout le monde cette parade de coqs qui se préparent à aller conquérir des poules. Sauf certains pères qui gueulaient de voir leurs bon à rien de fils se parfumer comme des gonzesses, se gonfler les cheveux, enfiler des pantalons de pédés alors qu'il y avait le jardin à arroser, les tomates et les salades à faire pousser. Ils oubliaient qu'ils avaient eux aussi connu les bals, les pantalons à tuyau de poêle que l'on casse pour faire le pli, la gomina ou la brillantine dont on s'asperge la tête pour mieux ressembler à Tino Rossi.

Le plus coquet était sans conteste Carmine, surnommé le Coiffeur non pas parce qu'il l'était mais parce qu'il aurait aimé l'être. Une profession qu'il avouait spontanément aux filles quand elles lui demandaient son métier. C'était son sens de la promotion sociale. Une promotion discrète, qui le changeait de son boulot de la semaine. Petit, vif, le teint mat, les yeux sombres, une tête à la Al Pacino, le Coiffeur portait les cheveux mi-longs et tout un attirail de breloques. Très bon footballeur, il poussait néanmoins le vice jusqu'à refuser de faire des têtes le dimanche après-midi sur le terrain. Il ne tenait pas à écrabouiller sa coiffure à la Mike Brandt qui lui avait pris des heures de babyliss et autant de laque pour un misérable but. Ce qui faisait hurler ses coéquipiers. Mais il s'en foutait. Mieux vaut rater un but qu'une femme. Ce qui était bien l'avis d'Aldo, gardien de l'équipe, qui oubliait souvent de protéger sa cage pour aller faire le beau avec les greluches sur la touche, causant des sueurs froides aux rares supporters.

Question vêtements, tout le monde ne portait pas le même uniforme. Sabadi, alias l'Elégant, privilégiait le costume trois pièces et surtout les foulards, justifiant son travail dans l'usine italienne de soie qui venait de s'implanter à Andrézieux. Le Mouthe, qui affichait une carrure à la Lino Ventura, évitait les pantalons trop collants qui risquaient d'exploser à l'entrejambe et exposer ses fesses, ce qui lui était arrivé une fois, l'obligeant à rester toute la soirée durant le cul collé à la buvette. Pompidou optait pour des chemises amples qui permettent de cacher les kilos superflus (le ventre ou la bouée, selon). La Miche, qui travaillait aux PTT de Montbrison et cultivait les cheveux longs et l'allure anarchiste, préférait le jean noir et la chemise noire. Le Matou aussi, mais pas pour les mêmes raisons. Il trouvait que le noir absorbait avantageusement les taches de vin rouge.

Le samedi, à 18 h, les sérieux étaient depuis longtemps au comptoir. Outre Obélix qui jouait hors catégorie, il fallait compter sur les anciens qui avaient fait leurs preuves et les nouveaux initiés qui ne demandaient qu'à prendre du galon. Et puis, loin derrière, Aldo qui ne tenait pas l'alcool. Après deux ou trois verres, son œil devenait humide, voire sentimental. Pire. Lui qui causait sans cesse devenait subitement muet et, un comble, il ne parlait plus de femmes.

10

Pour être sûr d'être en forme le samedi soir, on commençait souvent l'apéro dès le samedi matin. On se rendait au marché de Montbrison, une sous-préfecture un peu bourgeoise qui attirait tous les paysans de la plaine et des Monts du Forez venus écouler les produits de la ferme : des poules ou des lapins avec leurs poils ou leurs plumes, des œufs avec leur crotte, des fromages avec leur paille, des légumes et des fruits avec leur terre et leurs feuilles. Et puis les marchands de nippes, de chaussures, de vaisselle, et même un ou deux camelots venus du fin fond de l'Afrique Noire vendre des éléphants en faux ivoire.

Là, la valse des verres commençait. D'abord chez Duval et Dauchet qui alignaient, comble du luxe, deux bars côte à côte. Chez Paulette en face de la mairie, où officiait une blonde de caractère, l'équivalent de Claudette. Chez Noël, en face du jardin d'Allard, où venait se cuiter au champagne la jeunesse dorée de la ville et où la Miche ne se gênait pas pour pisser en douce quand il était debout au comptoir, sa façon à lui d'illustrer la lutte des classes. C'était aussi l'occasion d'arpenter les rues en roulant les épaules, de saluer en petits groupes d'autres petits groupes des villages voisins rencontrés dans les bals, de mesurer sa popularité au nombre de mains serrées. Au fur et à mesure de la visite, la vision se brouillait, la dérive s'accélérait. Une fois encore, ce serait de la viande saoule qui reviendrait de la ville.

Ceux qui n'étaient pas partis s'adossaient au mur de chez la Philomène, regardaient leur voiture immobile, soulevaient le capot, parlaient chevaux, performances, vantaient les mérites ou les inconvénients de la R 10, de l'Ami 8 ou des 4 L, rêvaient d'Alpine-Renault, de Porsche, puis, à court d'arguments, effectuaient un tour du Pic en faisant vrombir le moteur, avant de venir s'immobiliser à nouveau devant le bar. D'autres jouaient aux dés, se lançaient dans un 7-14-21 meurtrier, commandaient les mélanges les plus détonants à base de pastis, de cognac, de bière, de rouge, de verveine verte, de liqueur de violette, que Marcello servait imperturbablement et que celui qui avait le malheur d'avoir de la chance devait avaler cul sec. Cette partie d'assommoir attirait immanquablement les plus jeunes. Ils pariaient en riant sur l'un des participants comme on parie sur des chevaux de course, jusqu'à ce que les concurrents quittent l'un après l'autre le bistrot pour aller vomir le mélange le long du canal et que le vainqueur lève les bras au ciel avant de s'écrouler ivre mort sur la table.

L'apéro, comme le foot, c'était quelque chose de sérieux. La preuve, quand on se retrouvait le dimanche matin, on comptait les verres de la veille. Une comptabilité qu'Hervé, surnommé la Poupée parce qu'il était aide-comptable à l'usine de poupées Gégé de Savigneux, tenait avec le plus grand sérieux. Comme pour les compétitions sportives où la victoire se joue parfois à un centième de seconde, la première place pouvait se jouer à un fond de verre près. La précision des calculs rendait plus héroïque encore la mufflée (bringue, pampille, bamboche, selon) de la veille. Y a pas à chier, les preuves étaient là, des preuves plus fortes que l'alcootest qui n'existait pas encore à usage personnel. Le fin du fin, c'était celui qui avait réussi à conduire dans un état proche du coma. Il n'en revenait pas lui-même quand il entendait le lendemain conter ses exploits. Comment il avait fallu le réveiller pour partir. Et lui parler sans cesse pour qu'il ne s'endorme pas à nouveau, tandis que le passager de devant, qui ne savait pas conduire, redressait de temps à autre le volant pour éviter les fossés.

Après une semaine à se morfondre à l'usine, l'alcool donnait tout à coup des couleurs aux choses, créait du relief dans le quotidien sans aspérité, révélait un personnage qu'on n'aurait jamais imaginé être, une singularité jusque-là étouffée. Celui que l'on avait connu timide devenait un véritable baratineur. Le doux effacé, un redoutable bagarreur. Chacun se muait en héros d'une histoire qui serait colportée. Même ceux qui étaient tombés ivres morts dans un fossé à la sortie du bal voulaient leur ration de gloire.
Comme ironisait le vieil Archibaldo, le philosophe des Cités, prenant à témoin les anciens quand on faisait le bilan de notre week-end devant chez la Philomène :
« Avec tout ce qu'ils boivent, ils risquent pas de chier sec ! ».

Il était bien vu de tenir l'alcool et même de se soûler (prendre un melon, une malle, une caisse, une cuche, une cuite, selon). Mais cet héroïsme avait ses règles. Il fallait être capable de boire sans être dépendant, car une frontière subtile sépare le bringueur de l'alcoolique chronique. L'ivresse devait se pratiquer en bande

joyeuse, et non pas dans un acte solitaire. Celui qui franchissait cette ligne allait rejoindre la cohorte des ivrognes patentés qui assuraient le divertissement de la population.
Comme Gas-Oil, « Henri pour les intimes, Ritou, Riton, Riquet pour les femmes », un ancien garagiste vendeur d'essence qui avait bu son entreprise et terminait sa vie dans une cabane en planches qu'il avait construite dans un jardin loué et qu'il appelait ironiquement « Ma vie-là ».
Il y avait aussi Poulidor, qui vivotait comme ouvrier agricole, et qu'on voyait pédaler sur son vélo, les pieds nus dans ses chaussures hiver comme été, son éternelle casquette posée à l'envers sur la tête. Quand il passait devant chez la Philomène, il baissait la tête et sprintait sous les applaudissements.

Ce folklore entretenu par chacun mettait un peu de piment dans la fadeur des jours, mais n'empêchait pas un certain tragique. Poulidor s'était noyé. Il avait basculé un soir d'hiver dans le canal avec son vélo. Obélix était mort au comptoir, expulsant toute une vie de boire et déboires par un toussotement, un petit toussotement. Le Merle s'était pendu à cause d'une nouvelle serveuse qui avait un instant éclairé sa solitude avant de l'obscurcir en partant. Ringo avait fini par être enfermé, car il tirait avec son fusil sur des rats imaginaires et sur des voisins qui ne l'étaient pas.

Ce n'est pas un hasard si en plus des surnoms habituels, chacun se voyait attribuer le surnom d'un des ivrognes du village. Comme s'il fallait exorciser par avance cette fatalité, la tenir à distance en la parodiant, s'affubler d'un masque grotesque pour mieux garder son visage intact.

11

Le samedi soir, chez Claudette, on ne faisait pas que boire. On élaborait aussi des stratégies. Comment on allait partir, qui allait monter avec qui car il fallait bien répartir les troupes dans le peu de voitures. On choisissait aussi le bal, en fonction des vogues, des orchestres, et surtout des bagarres, car il y avait les bandes dont il fallait se méfier.

Depuis le premier choc pétrolier, puis le regroupement familial, il régnait une ambiance électrique dans les campagnes. La France s'apercevait tout à coup qu'elle avait des immigrés. Pas les immigrés auxquels on s'était maintenant habitués : les Polonais, les Italiens, les Portugais ou les Espagnols. Pas ceux plus basanés que l'on voit travailler sur les routes ou sur les chantiers et qui baissent la tête sur leur marteau-piqueur ou dans les tranchées. Non, leurs enfants qui ne voulaient surtout pas ressembler à leurs pères qui avaient macéré trop longtemps dans le mépris. Des enfants qui avaient une revanche à prendre.

Du coup, on rencontrait dans les bals toutes les espèces de faune et de flore sociales. Les bandes traditionnelles des petits hameaux qui transportaient avec elles leur église, leurs champs, leurs vaches, leurs poules, leur arbre généalogique. Les bandes de Saint-Etienne, issues du Maghreb et de la tambouille sociale des HLM, qui véhiculaient les ratés de la vie et cette guerre d'Algérie que l'on n'avait jamais vraiment terminée dans les têtes. Et enfin notre bande, un mélange de campagne et d'industrie, de vieille France et de petite Italie, de grands gaillards du cru et de petits noirauds qu'on avait jadis repoussés parce que trop basanés et qui trouvaient à leur tour les nouveaux arrivants trop bronzés.

Toutes ces bandes se retrouvaient dans la plaine du Forez. Des dizaines de gonzes aux cheveux longs, plus ou moins noirs et frisés selon le pays d'origine, avec le même pantalon à pattes d'éléphant, les mêmes bottines à talon haut, les mêmes tubes de Mike Brant ou de Claude François dans la tête, tous prêts pour une bataille dont les femmes constituaient l'enjeu suprême. Elles représentaient la frontière invisible entre ceux qui voulaient défendre leur territoire et leurs gènes, et les nouveaux guerriers venus tout droit des ex-colonies. Celles qui sortaient avec un arabe (bougnoule, chaoui, raton, melon, selon) étaient mises à l'index. Personne ne les approchait plus, comme si elles avaient eu la lèpre ou une maladie contagieuse, comme ces femmes tondues à la Libération pour avoir couché avec des Allemands.

Dans ce contexte tendu, le moindre regard, la plus légère bousculade déclenchait la bagarre. Les coups de pied ou de poing partaient. Des serpettes, des chaînes de vélo ou des nerfs de bœuf sortaient miraculeusement de dessous les blousons ou des coffres des voitures. Des bouteilles de bière, des tables, des chaises volaient, venant perturber l'ambiance bon enfant de la fête votive. Les villageois, venus en famille manger des barbes à papa ou des pommes d'amour, repartaient avec des gnons. Des forains pris à partie ripostaient avec leurs instruments de travail, autrement dit avec les carabines du stand de tir. Les quelques flics présents restaient prudemment à distance, attendant des renforts qui n'étaient pas pressés d'arriver.
Les orchestres n'étaient pas épargnés. Il faut dire que bien en évidence sur la scène en plein air, ils consti-

tuaient des cibles idéales pour les canettes de bière, mieux que les pipes du stand de tir. A force, les musiciens avaient compris. Ils avaient beau avoir le look baba-cool, chanter *Wight is Wight*, l'hymne hippy de Michel Delpech, ils n'en cachaient pas moins des carabines derrière les amplis. Des carabines finalement plus efficaces que les instruments de musique pour adoucir les mœurs de ce milieu hostile.

Le plus amusant, c'est qu'entre bandes, on s'appréciait à force. Se taper dessus crée des liens. On connaissait les durs. Le Chérif, le chef de la bande, le Grand Mohammed, le Gros Rachid, Kamel, Ali, Kader, Saïd, le Rouquin. Quand on se rencontrait par hasard dans un bal isolé, à quatre ou cinq de chaque côté, il n'était plus question de bagarre. Au contraire. Il y avait tout un cérémonial de politesse, comme quand Saladin recevait sous sa tente les Croisés. On allait se serrer la main, on s'invitait à la buvette. On insistait chacun pour payer sa tournée. On se souciait de la santé des uns et des autres, on se faisait des confidences.

On apprenait ainsi que Kader et Saïd qu'on ne voyait plus étaient partis pour deux ans faire leur service militaire en Algérie. Le Grand Mohammed, qui venait de réapparaître après une absence prolongée, expliquait qu'il sortait de six mois de taule. Pour une peccadille. Il avait emplafonné une voiture sur le parking à la sortie du bal. Le couple qui baisait à l'intérieur était passé par le pare-brise avant. Il avait poliment demandé au gars de ne pas appeler la police, vu qu'il avait bu et roulait sans permis dans une voiture volée. Le con n'avait rien voulu savoir. Si bien qu'il avait été obligé de sévir, et que l'autre avait perdu les quelques dents qui avaient résisté au pare-brise. On compatissait devant cet acharnement du destin. Le Chérif, soudain moraliste, s'emportait contre ces jeunes cons qu'on ne pouvait plus tenir et qui déclenchaient une bagarre pour un rien. On était bien d'accord, et on remettait une tournée pour le prouver. Et on continuait ainsi de canon en canon, jusqu'à devenir copains.

Une amitié d'un soir qui risquait de ne pas durer malgré les sourires. Car comme le disait si bien le vieil Archibaldo, le philosophe des Cités :

« C'est en riant que les chiens s'enculent ! ».

12

Après avoir fait le plein chez Claudette, on s'élançait. A cinq ou six caisses, soit une trentaine de gars bourrés comme des coings. De véritables cargaisons alcoolisées qui zigzaguaient dans la nuit. Etonnant qu'il n'y ait pas eu plus d'accidents, plus de morts. Surtout quand on allait en Auvergne, en hiver. Il fallait passer le col des Pradeaux, fendre le brouillard épais qui noyait tout, les forêts de sapins, les prés en pente rude, les fossés et la route, se guider en ouvrant la portière pour repérer la bande jaune sur la chaussée.

A l'intérieur des voitures, l'ambiance était à la surchauffe. Musique à tue-tête, paroles détournées où l'on ajoutait abondamment des termes de cul, fumée de cigarette qui épaississait l'atmosphère, pets lâchés en rafale. Le langage devenait gras, un langage de soudard où le sexe devenait une arme. Tout le monde se métamorphosait en guerrier pour aller à l'abordage. Que ce soit des bals en plein air l'été à la lumière des lampions et au son du musette, ou des préfabriqués hâtivement montés le temps d'un week-end où l'on se liquéfiait, évitant les cigarettes des uns et les brûlures des autres, ou alors des salles des fêtes municipales frigorifiées l'hiver où l'on s'amusait à souffler de la fumée en comptant le nombre de femmes dans les groupes qui arrivaient.

Mais avant d'atteindre l'Eldorado, il fallait payer pour obtenir le fameux sésame, une inscription à l'encre sur le poignet. On cherchait bien entendu la resquille. On avait notre spécialiste pour ça, Pompidou, qui avait travaillé un temps dans une imprimerie et avait piqué toute une flopée de tampons qu'il emportait dans sa sacoche lors des sorties. Des ronds, des carrés, des rectangulaires, des ovales. Pompidou examinait attentivement ses instruments de travail, comme si les réflexes de son ancien métier lui revenaient et qu'il fallait faire montre de professionnalisme pour ne pas se déconsidérer auprès des copains. Bien sûr, l'inscription ne correspondait jamais. Mais on jouait sur la forme du tampon. On tendait rapidement le bras et on passait vite fait, pariant sur le réflexe moutonnier du bœuf qui se tenait à l'entrée et devait en avoir marre de regarder passer des avant-bras.

Quand on n'avait pas la forme de tampon correspondante, l'un d'entre nous payait l'entrée puis ressortait immédiatement. La technique consistait à se cracher sur le poignet et à l'appuyer sur le poignet de celui qui venait de se faire faire le tampon. Une inscription à l'envers indéchiffrable, mais qu'on arborait, là encore, comme si de rien n'était. Il arrivait, quand le tampon était bien encré, que le bénéficiaire de l'opération frauduleuse répète à son tour la manœuvre sur le poignet du copain qui suivait et obtenait miraculeusement le tampon à l'endroit.

A peine franchi l'obstacle, le Tane emmenait le gros de la troupe à la buvette, histoire de créer une base logistique à l'arrière, bousculant au passage les quelques gars du terroir un peu rougeauds qui traînaient avec leurs pantalons avachis, leur verre de rouge, et la maïs scotchée au coin des lèvres. C'était son grand souci, l'intendance, sa façon à lui d'annexer le terrain, de consolider sa popularité. Grand, belle gueule, yeux bleus, le Tane plaisait aux gonzesses même s'il préférait la fraternité du comptoir. Il pouvait partir en bringue plusieurs jours d'affilée sans rentrer à la maison. A dormir sur la banquette de chez Claudette ou dans sa voiture. C'était son père qui le réveillait parfois, en

rentrant de la Verrerie à quatre heures du matin, le secouant pour qu'il aille se mettre dans le lit avant d'aller au turbin.
Le Tane avait tendance à commander en gros sans demander notre avis, surtout quand on allait au dancing chez Marius à Estivareille. Du rouge au mètre avec de l'eau gazeuse ou de la limonade pour faire passer le goût, car le vin était plutôt dégueulasse. Mais vu le prix, il n'y avait rien à dire. Même celui qui était radin pouvait payer une tournée générale. Des tournées de dix personnes à la fois qui remettaient chacun la leur. C'est ainsi qu'on se parfumait l'haleine d'une mauvaise piquette à un franc le verre.

Aldo choisissait la piste de danse. A la compagnie virile de l'alcool, il préférait la compagnie des femmes. Il attrapait vite fait une cavalière et se lançait dans un rock énergique. Ses plumes noires de jais gonflées sur le crâne, la petite moustache brune en éventail sur la lèvre supérieure, la chemise blanche ouverte sur son torse velu, il tourbillonnait pendant que des badauds s'attroupaient. Aldo en profitait pour repérer les gonzesses qu'il voulait impressionner. Quand c'était fait, ses mouvements devenaient plus amples. Il se permettait même des fantaisies subtiles comme tourner le dos à sa cavalière et la récupérer à l'aveugle avant de la faire repasser devant. Distrait par son public, il ratait parfois la main de la fille qui partait en vrille s'écraser dans l'assistance.

Pendant ce temps, des couples main dans la main regardaient les gars de l'orchestre imiter Johnny Hallyday, Eddy Mitchell ou Claude François. D'autres musiciens se prenant pour Deep Purple ou Led Zepplin faisaient cracher les amplis, démolissant quelques tympans au passage, se lançaient dans des solos interminables de guitare, de basse ou de batterie qui immobilisaient tout à coup les danseurs sur la piste. Quelle que soit leur spécificité musicale, ces sous-stars attiraient des sous-groupies qui stationnaient juste devant la scène. Celles-là, il n'était pas question de les approcher. Leur parler simplement, c'était les insulter. Elles ne répondaient même pas quand on osait les inviter, prenaient des airs, regardaient au plafond d'un air méprisant.
Elles s'emmerdaient ferme toute la soirée durant avant d'aider les musicos à ranger le matos en fin de bal et de se faire tringler vite fait dans le fourgon en guise de remerciement.

13

Nous, on attendait les slows pour quitter le comptoir. Dès que Christophe entonnait le premier refrain des Mots bleus, que Jo Dassin chantait « On ira, où tu voudras quand tu voudras », que Michel Sardou envoyait « Je vais t'aimer comme on ne t'a jamais aimé », on se dépêchait d'avaler notre rouge limonade ou minéral pour se précipiter sur la piste. Enfin ceux qui pouvaient. Car il y en a qui ne bougeaient plus au bout de quelques tournées. Ils se sentaient bien tout à coup, à se confier au copain d'à côté qui faisait de même, tête à tête aviné entre une bouche et une oreille. Entre boire un coup et en tirer un, ils avaient fini par choisir.

Sur la piste, tous les hommes à la queue leu leu venaient tourner autour des filles adossées aux cloisons ou assises sur les banquettes en bois. Une ronde silencieuse, idiote, composée de mecs ivres qui ne tenaient debout que par la pression des corps placés devant et derrière, de timides qui perdaient leur timidité d'être un élément du grand tout, de sentimentaux qui cherchaient un être sentimental dans le noir. On passait ainsi lentement devant les filles comme on passe devant du bétail, regardant avec l'œil circonspect du maquignon, désignant d'un doigt tendu celles qui nous plaisaient.

Au fur et à mesure que les couples de danseurs se formaient, que la ronde s'éclaircissait, il fallait bien rabattre ses prétentions. On cherchait alors la moins vilaine, celle qui n'accrocherait pas trop les regards des copains et voudrait bien de nous. Ou alors celle dont on connaissait les talents dûment répertoriés sur nos fiches. Là encore, rien n'était gagné. Il fallait se mettre en frais de mots, de phrases même. Certains, rendus audacieux par l'ivresse, n'hésitaient pas à tirer la fille par le bras pour l'arracher de son banc comme on arrache une moule de son rocher. Le plus étonnant, c'est que ça marchait parfois. L'élue capitulait en faisant de grandes moues dédaigneuses à destination des copines, façon de signifier qu'elle n'y était pour rien si elle dansait avec ce péquenot, qu'elle avait tout fait pour résister, et que si par malheur elle succombait, au moins elle aurait sa conscience pour elle.

Une fois la fille en main, on cherchait à se rapprocher le plus près possible, car un slow, malheureusement, ça ne dure pas trois plombes. Il fallait rapidement se décider si on allait ou non tenter d'embrasser sa cavalière. D'où l'importance d'être attentif au moindre signe, à la décontraction ou au contraire au raidissement soudain du corps qui nous faisait face quand on le serrait de trop près, le bassin étroitement emboîté dans le bassin de la fille pour sentir notre sexe devenir dur, déformation que certains n'hésitaient pas à montrer ensuite au copains restés seuls sur la touche en disant « Touche la barre que j'ai ! ».

Pour éviter cette incertitude propre à la rapidité du slow, le Coiffeur avait mis au point une tactique qu'il nous avait longuement expliquée lors des pauses à l'usine, à la stupéfaction du Lièvre qui restait bouche bée quand il nous surprenait en train de danser des slows. Elle consistait à coincer plus ou moins habilement le cou de sa cavalière, histoire qu'elle ne tourne pas la tête d'un côté ou de l'autre au moment de rouler une pelle (un patin, une galoche, selon). Un combat qui portait bien son nom, puisqu'on disait « attaquer une femme » en lieu et place de « draguer ».

Le slow terminé, si la fille ne s'était pas barrée avant, ce qui malheureusement arrivait, il fallait rapidement envisager la suite des opérations sous peine de voir sa cavalière d'un instant repartir, se remettre dans le circuit, et qui sait, disparaître. On n'avait qu'une envie, sortir du bal, s'isoler, tenir enfin un corps contre soi loin du regard des copains. Mais il n'était pas toujours évident d'expliquer pourquoi on voulait sortir. Les mots paraissaient tout à coup maladroits, combien plus impudiques que les gestes. La peur de rompre un fil ténu tissé à la faveur de l'ombre, d'entrer dans la lumière crue du désir, faisait que l'on utilisait les ficelles les plus grossières. On invoquait la lune, les étoiles, l'air frais, le silence de la nuit pour mieux discuter. Discuter de quoi ? On aurait été bien incapable de le dire. Heureusement, les filles posaient rarement ces questions-piège. D'autant qu'elles n'étaient pas dupes. Mais elles avaient besoin elles aussi de se laisser vêtir de paroles vaines afin de poser un voile pudique sur ce qu'elles ne souhaitaient pas nommer.

Avant de sortir, il fallait encore récupérer en douce les clefs de voiture du copain si on ne voulait pas se retrouver dans la nature. Du moins l'hiver, car autrement on avait l'habitude de s'adapter aux circonstances. On avait tous connu des amours furtives dans des prés, derrière une haie, ou même dans des caves qu'on ne manquait pas d'aller explorer lorsqu'on était à la recherche d'un coin tranquille. N'empêche qu'avoir un siège couchette, c'était le fin du fin. Cela remplaçait la chambre en ville que personne n'avait et que personne n'aurait. Aussi, la première chose à laquelle on s'intéressait quand un copain achetait une caisse, c'était les fameux sièges. Malheureusement, beaucoup de bagnoles n'étaient pas encore équipées. Le Coiffeur avait eu à résoudre ce problème épineux : comment concilier son amour des automobiles italiennes et les sièges couchettes ? Contrairement à Aldo qui avait fait de la 2 CV son emblème, il ne pouvait pas déshonorer sa famille, des générations d'Italiens, en achetant une voiture française. Son sang appelait la Fiat, son portefeuille un petit modèle. Une Fiat 850 rouge dont le seul défaut était d'avoir des sièges qui ne se rabattent pas.

Après avoir longtemps ruminé, le Coiffeur avait trouvé la solution. Il n'avait pas hésité à scier le siège du passager avant pour bricoler un système avec des vis et des boulons. En arrivant au bal, il desserrait légèrement les boulons. A charge pour celui qui arrivait le premier de continuer le travail. Tout en roulant des patins, il fallait avoir la présence d'esprit de bien déboulonner. Les filles, bien sûr, se posaient des questions. Qu'est-ce que faisait notre main qui pelotait le siège mais pas elles ? Ce n'était pas habituel. Ça cachait quelque chose forcément, mais quoi ? C'est quand le siège basculait brutalement qu'elles comprenaient la ruse.

14

C'est à l'intérieur des voitures garées à l'extrémité du parking, ou dans une rue sombre à la sortie de la ville, que se déroulaient les amours. Mais rien n'était jamais gagné d'avance. La fille pouvait se débattre, enlever la main fureteuse, faire de l'obstruction de jeu, multiplier les rotations et empêcher ainsi toute progression.

Certaines n'appréciaient guère ce manque de conversation et ces mains insistantes aimantées toujours vers les mêmes endroits. Elles se dépêchaient de quitter la voiture, nous laissant le pantalon en tire-bouchon sur les chevilles. D'autres voulaient bien discuter, à condition que l'on laisse nos mains tranquilles. Leur réputation de « fille facile » ou de « fille sérieuse » se jouait, à cet instant, entre le volant rigide et le levier de vitesse, sur des sièges en skaï qui collaient les fesses. Elles n'avaient pas envie de passer pour « une fille qui couche » le premier jour. Leur façon de repousser les avances constituait un brevet de résistance, faisait office de nouvelle virginité, réintroduisait des sentiments qui jusque-là n'avaient pas eu l'occasion de beaucoup s'exprimer. C'était aussi une façon de tester le garçon, de connaître sa « mentalité », de prospecter en douce ses réserves de tendresse et d'amour pour savoir si cela valait le coup d'investir pour l'avenir. C'est ainsi que certaines faisaient languir durant des semaines leur partenaire qui, se prenant au jeu, plaçait toute sa mise sur cet objet qui se dérobait toujours au moment crucial et dont il finissait, c'était fatal, par devenir amoureux.

Après bien des efforts contrariés, lorsqu'on était sur le point d'abandonner la bataille, de réclamer le smic comme le disait Aldo, il arrivait que la défense cède. Comme si la fille estimait qu'elle avait suffisamment résisté et prouvé par là-même sa moralité. La main passait alors sous le chemisier, capturait un sein sous le soutien-gorge. Après avoir consolidé sa position, la main enhardie descendait plus bas, puis attendait un peu. Si aucun mouvement suspect n'était détecté, et tout en continuant d'occuper le terrain en embrassant fougueusement sa partenaire pour distraire son attention, la main progressait plus bas encore, se débattant au besoin avec une braguette rétive quand la fille avait eu la mauvaise idée de mettre un pantalon. Plus sûr de soi désormais, en l'aidant au besoin quand la fille était trop timide, on dirigait la main de notre partenaire vers notre braguette qu'on n'avait pas manqué d'ouvrir au fur et à mesure de l'embrassade afin de sentir une main étrangère sur son sexe, main fraîche ou chaude, douce ou râpeuse, habile ou maladroite, énergique ou délicate.

Encouragés par cette première victoire, on continuait l'exploration, cherchait les poils, puis doucement la fente (trou, chatte, figue, selon). Enfoncer un doigt, l'agiter, faire mouiller doucement, avant de s'introduire enfin en forçant un peu quand la fille était à moitié consentante. Ivresse du désir affolé par la proximité du but ! Ivresse d'avoir un corps autre pour soi, rien que pour soi ! Ivresse de... Mais l'euphorie était de courte durée. Dans l'habitacle trop étroit qui interdisait les positions fantaisistes, il fallait éviter les mouvements trop brusques sous peine de se retrouver avec le levier de vitesse dans les fesses, surveiller ses élans, savoir se retirer au bon moment car on n'utilisait pas de capotes et les femmes qui prenaient la pilule étaient rares. Ce qu'on appelait « passer la marche arrière », à cause du langage du monde des voitures qui faisait peu à peu son entrée dans le langage amoureux. Seulement voilà, certains trop saouls oubliaient de se retirer ou se trompaient de vitesse, passaient directement la troisième au lieu de la marche arrière. Il y avait les malhabiles dont les pneus avant dérapaient au moment suprême. Enfin, ceux qui, proches du coma éthylique, oubliaient qu'ils étaient en train de baiser et qui plus est avec une femme.

Ce léger détail faisait que deux ou trois fois par an, on perdait un copain qui avait mis une femme « en cloche ». Pour ceux qui avaient dérapé avec la fille qu'ils fréquentaient, c'était pas trop grave. Cela faisait un moment déjà qu'ils « sortaient sérieux ». Qu'on les voyait encore, mais en demi-teinte, dans les bals. Ils venaient faire de la figuration main dans la main avec leur femme (grosse, dinde, bourgeoise, selon) partagés entre le regret de devoir abandonner bientôt les copains et la fierté de leur nouveau statut qui les faisait accéder au monde des hommes. Alors, un accident pour eux, c'était simplement une accélération du planning familial. Tôt ou tard, ils auraient fini par le faire, le lardon. En revanche, pour ceux qui avaient connu la future mère la veille, un boudin culbuté à la va-vite et dont ils ne se rappelaient même pas l'existence le lendemain, c'était plus rude. Passe de se faire moquer de sa gueule pour avoir baisé un laideron, mais de là à le mettre en vitrine, publier les bans, l'épouser !

Certains cherchaient bien à se faire oublier. Mais les filles heureuses d'avoir enfin trouver un mec (à croire qu'elles avaient délibérément repéré le plus saoul) ne lâchaient pas l'affaire. Elles venaient les débusquer dans les bars du village, menaçant de débarquer chez les parents, de faire des scandales publiques. Pour ne pas à avoir à subir l'opprobre, car il était mal vu de laisser derrière soi un bâtard, le fautif se rendait, la corde au cou, comme les Bourgeois de Calais. Et tout finissait à la mairie et à l'église, en costume trois pièces et robe blanche de mariée, face à un curé visiblement mal renseigné qui parlait d'amour éternel. Evidemment, les copains n'étaient pas invités à la cérémonie pour ne pas en rajouter dans la tragédie. Plus tard, l'enfant naîtrait, l'enfant d'une marche arrière qui n'avait pas marché.

C'est ainsi que bon an mal an, deux ou trois ménages se formaient, des enfants apparaissaient, des copains disparaissaient. De même qu'il existe des victimes de guerre, ils étaient les victimes des bals, sauf qu'ils n'auraient jamais leurs noms inscrits sur le monument du village. Tout juste cette sentence, en guise de consolation, du vieil Archibaldo, le philosophe des Cités : « Ça m'étonne pas ! Il pinerait un âne avec un chapeau ! ».

15

Puis la musique s'arrêtait, les lumières éclairaient brutalement la salle. C'était l'heure de partir.

Pendant que l'orchestre commençait à ranger le matériel, que les garçons et les filles sortaient par petits groupes de la salle, que des couples qui n'avaient pas remarqué que le bal était terminé continuaient leur fricassée de museau, il fallait encore rassembler les troupes défaites, retrouver celui qui croupissait dans un coin ou était parti avec une fille dans la nature, arracher les récalcitrants accrochés à la buvette comme des papillons à une lampe, calmer ceux qui pour d'obscures raisons avinées voulaient soudain en découdre avec le monde entier, réveiller le chauffeur soûl comme une vache (un cochon, une grive, un âne, une barrique, selon) voire le faire dessaouler en lui faisant avaler un café salé pour vomir, enfin pisser sur la serrure de la porte de la voiture pour pouvoir entrer la clef quand il gelait en hiver.

Alors la voiture s'élançait dans la nuit, réveillait les sapins, les prés endormis, détricotait lentement les tournants de la veille. A l'intérieur, c'était le silence. Un silence épais, comateux. Certains cuvaient leur alcool. D'autres, l'estomac chaviré par les tournants, demandaient à la hâte qu'on s'arrête sur le bas côté pour évacuer le trop plein à la lumière des phares. Dans la douce torpeur due au chauffage, le moins soûl qui surveillait le chauffeur à la place du mort regardait la route d'un air inquiet ou alors rêvassait. Il passait en revue la soirée, se rappelait un regard, une danse, une fille entrevue, avec parfois dans le cœur une sourde nostalgie, car le sentiment existait, mais en fraude. Le sentiment était le rouge au front, une histoire de gonzesse, ce dont on ne pouvait pas parler aux copains ou alors un soir de grande ivresse, en tête à tête, quand le regard de la communauté a fini par sombrer sous les vagues répétées de l'alcool.

Pour ceux qui étaient rentrés bredouilles, il restait encore le dimanche pour espérer se refaire. Sur les coups de 11h du matin, on arriverait tous chez Claudette pour faire le tiercé, un peu vaseux, les traits tirés, la langue blanche, en commandant une eau gazeuse sous les moqueries des habitués et de Claudette qui dirait :

« Y en a qui devaient en tenir une bonne hier ! ». On héroïserait sur le bal de la veille, les verres bus, les filles draguées sous l'œil inquisiteur d'Aldo qui voudrait tout savoir afin de mettre à jour ses fiches sexuelles. Il y aurait les rires, les engueulades simulées, les sarcasmes inévitables. On laisserait l'eau gazeuse pour un ou deux apéros pris à la hâte avant le repas de midi où il n'était pas question d'arriver en retard pour ne pas aggraver les reproches du père ou de la mère qui n'avaient pas manqué de repérer notre entrée titubante dans la nuit ou la cuvette encore encombrée des restes des festivités qu'on avait malencontreusement oubliée sous le lit.

Il y aurait une dernière sortie le dimanche soir après le match de foot ou de basket, avec un peu plus de fatigue dans le corps, un peu moins d'enthousiasme car déjà présent dans la tête ce lundi matin que l'on redoutait tant, quand on arriverait dans l'usine encore humide du grand lessivage du vendredi après-midi, flottants, à peine sortis du sommeil, pas lavés ou à peine, les oreilles engourdies, les yeux gonflés, le foie pas frais, en disant : « Plus que cinq jours ! ».

UTOPIA Editions

Utopia Editions
www.utopia-culture.fr
utopiaonline@yahoo.fr
Siret 518 437 736 000 11

Responsables publication : Grégory Mazenod et Jérôme Grange
Design graphique : Mélanie Agard
Couverture : création de Maurice Digonnet

Achevé d'imprimer n° 201405.0028
Imprimé en france sur les presses d'IGC
Communigraphie Saint-Étienne en juin 2014
Dépot légal à parution
ISBN 978-2-919456-04-8